JN320693

眠れる旅人

池井昌樹

思潮社

眠れる旅人

池井昌樹

思潮社

眠れる旅人　池井昌樹

扉絵　アンリ・ルソー〝眠れるボヘミア女〟　装幀　思潮社装幀室

眠れる旅人　池井昌樹

カンナ

きょうもぼろぐつひきずって
かどをまがればカンナのはなが
なんだかなつかしいにおい
あたりいちめんたちこめていて
ここがどこだかぼくがだれだか
もうわからなくなってしまって
しゃがんでじっとしていたら
どうかされましたかあなた

しらないこどものてをひいた
しらないどこかのおかあさん
やさしいてにてをつながれて
ぼくはこわごわみつめていた
いつだかとおいひるさがり
カンナのはながさいていて

花影

妻不在三十二夜

こよいここでのひとさかり
おえ
ここはこんなにしずかです
カアカアからすがないています
ぼくはなんにもすることがない
ほんとになんにもすることがない
こよいここでのひとさかり
そのあとかたにみとれています

もうつかわれないおなべやおかま
もうつかわれないくすりびん
もうつかわれないぼくひとり
ほこりかむってだまっています
いつまでもただだまっています
つまのはわせたあさがおの
そのはなかげがまどにあり
そのはなかげが
かすかにふるえ
ここはこんなにしずかです

花影弐

妻不在三十九夜

カロウシンロウ
ギックリゴシで
めざめれば
だれもいない
ジゴウジトクの
センタクをして
ジゴウジトクの
ラーメンをにて

ジゴウジトクの
ショウチュウすすり
またうとうとと
まどろめば
いつのまにやらつまがいて
いつものゆげたつごちそうが
ゆめならさめずに
てをさしのべれば
てをさしのべても
だれもいない
つまのはわせたあさがおの
そのはなかげも

花影参

妻不在四十二夜

友がみなわれよりえらく見ゆる日よ
花を買ひ来て
妻としたしむ（啄木）
その妻は居ず

つゆ

妻四十三日振りに義母の介護から戻り一泊、
翌朝はまた実家へと。

あなたとともにいるひとときの
あんまりたのしいものだから
こわくなる
このひとときはおおぜいの
はかりしれないさびしさの
うえにむすんだつゆではないか
つゆのおもてにきらきらと
きらめきめぐる

せんたくものも
ごはんのにおいも
おはようもまたおやすみも
あなたとわたしのえがおまで
こぼれてきえて
ろぼうのはなが
ひっそりゆれているよあけ

いたずら

げんきとぼくをよぶこえがする
あさのひかりのただなかで
かわいいこどものこえがする
そんなときには
ふりかえってはいけないのだ
たばこをくわえ
うすぐらい
いつものしごとにもどりかけ

けれどもやはりふりかえるのだ
ぼくをよぶこえ
ききなれたこえ
ひさかたぶりに
あのひとのこえ

くちもきかないむすこらは
もうおとなだし
ぼくはかんれきまもないし
ちちはとっくにいないのに
あさのひかりのただなかで
ぼくをよぶこえ
だれかのいたずらだとしても
あんまりまばゆくなつかしく

暁闇

あなたとこうしていつまでも
ゆめみつづけていたいのに
あゆみつづけていたいのに
ぼくだけねむりさまされて
あかときやみのとこのうえ
ひとりうろたえ
たちまようのだ
ぼくとこうしていつまでも

ゆめみつづけているあなた
あゆみつづけているあなた
まだうまいする
あなたのねがお
そのほおがそのてのひらが
なつかしくただいとおしく
ふれることさえできないで
あかときやみのとこのうえ
せきばらいなど
したりするのだ

ふたり

あなたはひとりまどべにもたれ
いつもだまってそとをみていた
わたしはあなたのとなりにすわり
やはりだまってそとをみていた
まどのそとではきれいなそらが
きれいなまちやもりがすぎ
ひとはのりおりくりかえし
はながさきまたはながちり

こんなにとおくはこばれて
わたしはようやくきづくのだ
わたしのしらないまどのこと
あなたのみているまどのこと
ほしひとつない
こんなやみよのまどべにふたり
よりそって

弔辞

氏の御逝去は我が国《こく》現代詩歌文学界に於ける極めて重大な損失でありシャンプーであり洗面器である。氏は生前幾多の輝かしい詩的虚栄の陰で家族を苦しめ隣人を困らせ横暴非道の限りを尽し、にも拘らず自らは不撓不屈の精神で悦び極め楽しみ極め、まこと己《おのれ》のためにのみある比類なく美しい畜生道を渾身で全うされた。我が国現代詩歌文学史上稀に見る兇悪と異形《いぎょう》の成就。氏の突然の御逝去を御遺族の方々共々衷心より御《おん》慶び申し上げ奉る。

こんなこと

こんなことになるともしらず
わたしはまいあさつとめにでかけた
こんなことになるともしらず
かえりにケーキをかったりもした
こんなことになるともしらず
うっとりつきをみあげてもいた
こんなことになるともしらず
まれにはこころでおがんだりした

こんなことになったいまでも
わたしはまいあさつとめにでかけ
かえりにケーキをかったりもして
うっとりつきをみあげてもいて
まれにはこころでおがんだりする
こんなこととこもしらないで

糧

私も父もその父も餅職人を生業《なりわい》としたが、誰に雇われ誰に供してきたのかは誰も知らない。私たちは餅を丸める。一心にただ丸めていると、蒸《ふか》したての糯米《もちごめ》は生娘の肌《はだえ》のように上気してほのぼのとあからんでくる。餅を搗くもの餅返すもの粉打つものたちの気配がそここに懐かしく立ち籠めるのだが、そのものたちが誰なのか私たちは誰も知らない。そんな餅でも長く贔屓《ひいき》してくれる得意があって、私たちが食い逸《はぐ》れることはなかったが、その得意が誰なのか私たちは誰も知らない。餅を丸めることだけで得た細《ささ》やかな糧《かて》で粥を炊き、粥を啜り、私たちは家族と共に夜毎遅く床に就く。私たちは家族の顔を誰も知らない。妻の顔も子の顔も私たちは誰も知らない。私たちはこの生業を愛している。私たちが寝に就けば、貧しい茅葺き屋根の遙か高くに昔ながらの月があり、いつか指差し教えてくれた優しい姿が耳生やし、もう餅を搗き餅を返す。私たちはその餅の味をまだ誰も知らない。

故園黄昏

幼い頃家族のものから愛称でまちゃびと呼ばれた。まちゃは昌樹の昌、び、とはおさかなのこと。それほど魚好きだった。近寄れば魚の匂いがしたらしい。昭和二十八年、私は瀬戸内海に面した香川県坂出《さかいで》という塩業の盛んな町で生まれた。十人家族の総領の継嗣《あととり》。戦後食料難の気配はまだ深刻に立ち籠めていたが、大きな夕陽の美しい、幼いものには貧しいながらも心豊かな時代だった。大家族を支える屋台骨として独楽鼠《こまねずみ》のように立ち働く母に甘える隙はなかったから、私は専ら祖母に纏《まと》わりついていたようだ。おさかないらんかな。朝毎に呼ぶ行商の魚売りの声に跣《はだし》で飛び出し、祖母の肩越しからその鮮やかな包丁捌きに見惚れていた。皮も捨てんでね。肝も入れといてね。普段と違う余所行《よそゆ》き言葉であれこれと指図する祖母。心得てるよと言わんばかりに笑顔で応じながら、天秤の魚片を新聞紙に包《くる》み込む深く腰の曲がった老婆。まだ腰の曲がってないもう一人の老婆とは母娘らしかったが、その母の片目は重い白内障のため魚眼のように濁り、いつも涙を流していた。潮焼けした笑顔の堪らなく美しい彼女たちと居ると、海に棲む魚介という野生やその命と引替えに代々生業を営んできた人々やその糧を購《あがな》う私たちを貫く一筋の眩《まばゆ》い絆が幼心にも感じられた。至福の、無上の瞬間だったが、絶えず柄杓《ひしやく》で水打たれる魚介に混じって、極稀《ごくまれ》に、親指ほどな人形《ひとがた》の見え隠れすることもあった。薄髭生やし傷負うたその裸形の人形は観念したように手を組み合わせ仰向いて、信じられないことだが、私たちは魚介に夢中で訝《いぶか》しむものは誰もなかった。あれは何だったのだろう。田圃の井出という井出に螢が湧き、兜蟹の幼生が銀河のように渦巻いていた頃のこと。強《あなが》ち幼児の幻想とばかりも言えまい。いつか魚介の血の中ですっかり溶けてしまったか。それとも老婆の指に摘まれ、まだ舗装されてない路傍に抛《ほう》られ干乾びて埃になったか。野生とも自然とも掛け離れたまぼろしのような、けれど見覚えあるあれは何だったのだろう。そういえば、瞑《つむ》っていた目を薄く開いて、夢見るように恍惚とこちらを見上げることもあった。私の目と目の合うこともあったはずだが。

あぶらかだぶら

むかしむかしあるくにに
おごりたかぶりなるものが
あぶらかだぶらのりとをとなえ
そらとぶじゅうたんあやつって
きんぎんざいほうかっさらい
あげくにそらからおっこちて
おっちんじゃったとみてみたら
あたりいちめんどろっぷす

いろとりどりなどろっぷす
くだけたやつもひしゃげたやつも
いきかえれないやつまでも
うまれなかったやつまでも
こどもはみんなよろこんだ
おとなはどこにもいなかった
めでたしめでたし
すいっちをきり
こんやもてれびにまくおろし
おごりたかぶり
あぶらかだぶら
しゃぶっていたあめとりだして
ちりしにくるみ
ふところへ
これはあしたのおたのしみ

そふはにっこりわらうのだ
おやすみなさい
あぶらかだぶら

火と人

かみさまはひをつくった
かみさまはひとをつくった
かみさまはひとあんしんだ

ひとはひにきづいた
ひとはひをおそれた
かみさまはふたあんしんしんだ

ひとはひをかろんじた
ひとはひとをもやした
かみさまはびっくりした

あなたたちにはかなわない
ひとにまぎれてかみさまは
いちもくさんにたいさんした

それからだった
ひとひとがきえ
それきりだった

闇の噂

ちかごろわたしのおもうこと
だんだんだれかのかおににてくる
だんだんだれかにもどってゆく
わたしをとらえ
みぐるみはがし
さんざんもてあそんだあげく
やみへほうむりさったやつ
やつのあわれなまつろなら

やみのうわさにきいていた
あさのしごとのつかのまを
ひとりかがみにむかうたび
ちかごろいつもおもうこと
だんだんだれかのかおににてくる
だれかのまつろのあわれさが
だんだんほねみにしみてくる

旅

ちちとはずいぶんとおいむかしに
いろんなところへたびしたけれど
おもいだせないところもあって
そこではちちでなかったような
そこではむすこでなかったような
そこではひとでもなかったような
そこではいきてもなかったような
やまあいの

ながいすいどう
きしゃのけむりが
かすかにのこり
それをだまってみつめている
ぼくらはたびするものだったのか
それともながいやみだったのか
ただそよいでいるものだったのか
すだきつづけるものだったのか
やまあいの
そらはたそがれ
あたりいちめん
ちりばめられて
ぼくらもみまもるほかはなかった
かたをならべて
かたずをのんで

むこう

そりゃさびしいさ
ごちそうが
たべられなくなる
したしいともとも
あえなくなる
だいいちつまを
あいせなくなる
そりゃさびしいさ

そんなさびしさならけれど
これまでだってなめてきた
ぼくがうまれたときだって
むすこがうまれたときだって
ちちとわかれたときだって
ぼくはそのたびしんできた
そりゃさびしいさ
うまれかわるのは
こんやもそらにほしがあり
さかんにむしがないている
そのこえだってきこえない
もっとむこうののはらでは
もっとさかんなむしのねが
もっとまたたくほしぼしが

そっと

むかいのせきがあいている
すこしへこんで
ぬくまっている
だれかすわっていたんだな
けれどもいまはないだれか
わたしをみつめていたんだな
ねむりつづけていたわたし
ゆめみつづけていたわたし

そっとみつめていたんだな
でんしゃはつぎのえきにつき
わたしもそっとせきをたつ
すこしへこんでいるせきに
けさもほのぼのひがあたり

駅

よるのよなかの
まくらもとには
ちいさなえきの
ばいてんがあり
　ちいさなくらい
あかりのなかに
ちいさなくろい
ひとかげがあり

ちいさなくらい
あかりのほかは
あたりいちめん
まっくらやみで
　いつまでまっても
きてきはならず
いつまでたっても
きゃくひとりなく
よるのよなかの
まくらもとには
ちいさなくらい
あかりがもれて
　ちいさなくろい
ひとかげだけが
ぼくをみている

よるのよなかに
ぼくはめをとじ
まださめていて
かすかにつまの
ねいきがきこえ

まぐねしうむ

よる　たかく　たかく　はなびが　あがる　ぽんと　ひらく　そし
て　しだれる　しだれて　きえる　また　たかく　たかく　はなび
が　あがる　それを　みあげる　つまと　むすこと　つまも　むす
こも　おもわない　わたしの　よぞらに　はなびが　あがる　ぽん
と　ひらく　そして　しだれる　しだれて　きえる　まっしろな
骨灰《まぐねしうむ》に　みずを　かけ　はき　きよめ　たまえ

みずうみ

ひそひそと　またひそひそと
ふたつのこえがちかづいてくる
とおくから　さらにとおくから
はもんのようにひろがってくる
ひとつのこえはははおやだろう
しゃくりあげるのはこどものこえだ
ふたつのこえはよりそいながら

まだねむれないわたしのまどの
ひのきえたまぎわまできて
はたとやむ
ひそひそと　またひそひそと
ふたつのこえがちかづいてくる
とおくから　さらにとおくから
はもんのようにひろがってくる
あのひ　あれらのひびのどこかで
とどけたかったおおくのこえが
とどかなかったすべてのこえが
まだねむれないわたしのむねの
まだねむらない鹹湖《みずうみ》に
おおきなくらいよぞらをうつし
ひそひそと　またひそひそと
とおくから　さらにとおくから

うちよせてくる
うちよせてくる

須臾の

嵯峨信之没後十年

めずらしくあたたかな陽の差す朝は
三鷹から中央線に乗り御茶ノ水にて下車し
午前十時にコウダさんと落ち合ってケーキを買って
タクシーを拾って約十五分四方山《よもやま》話をかわしながら
国立東大病院まで
巨きな明るい廻廊をさんざん迷って
その別棟の何階だかの受付で
サガノブユキさんの病室はと

たずねるとそのようなおなまえのかたは入院されておりませんがと
すげなくされてもひるむことなく
それならばオオグサミノルさんの病室はと
たずねなおしさがしあてたその部屋のまえで
あ、いたいたとゆびさそうとするよりはやく
やあ、いらっしゃい
ほんとうにうれしそうなえがおをむけてくださったその
えがおはもうどこかへいってしまわれたのだから
もうどこにもいなくなってしまわれたのだから
サガさんに会いに
ぼくはどんな三鷹からどんな中央線に乗りどんな御茶ノ水にて下車
　すればよいのか
どんな午前十時にどんなコウダさんと落ち合ってどんなケーキを買
　えばよいのか
どんなタクシーを拾ってどんな四方山話をかわしながらどんな国立

東大病院をおとなえばよいのか
いまはもうなにもかもわからないのだけれど
めずらしくあたたかな陽の差すその朝
ぼくたちは
溶けてなくなりそうなほど幽かな径《みち》を
須臾の、須臾の、須臾の、
けれどまばゆいただひとすじの径を
サガさんに会いに

眠れる旅人

森《vois》へ

ペンキのはげたみずいろの
硝子戸《とびら》ひらけば
ペンキのはげたみずいろの
やみのなかから
やあいらっしゃい
わたしはいつものふるぼけた
天鵞絨《ビロード》ばりの長椅子《ソファ》にもたれ
ひるのやすみのつかのまを

ひとわんの珈琲《コーヒー》の湯気
ねたりさめたり
うつらうつらと
つきよのばんに
砂丘のどこか
獅子に嗅がれるたびびとの絵が
すこしかたむき懸けられてあり
やねうら駈けるねこのあしおと
なじみのママとマスターの
とおいはいごのわらいごえ
ほかにお客のかげもなく
アール・デコ調花洋燈《はなランプ》
いつかこわれてはずされて
そのあとに穴
いつはてるともないふかい穴

すぎゆくまどのそとをみながら
わたしはひとりまどろみながら
そのつどあたまはまえへたれ
そしてうしろへ
こっくりこっくりボートこぎ
それをだまってみつめている
いまもだまってみつめている
そのみせはもう
あとかたもない
そのひとも

揺籃

病気のとき、ねむるとき、そうして一人で泣いている時（白秋）

私の働く本屋の向かいにかつて「揺籃」という名の喫茶店があった。かれこれ三十年近く昔のことだ。建て替わり建て替えられて何時からか大手ハンバーガーチェーン「ミッキー・ドナルド」になっているが、「揺籃」はそれは巨きな純喫茶だった。目を凝らしても奥行は遙か霞んで見えなかった。磨き込まれた木造の楼閣はいつも周囲を優しい飴色に映していた。地下地上併せて何万何億階楼になるのか計りも知れないその何階かの窓辺の席で、上京したての私は昼の休みの束の間に覚えたばかりの煙草を吹かし、好きでもない珈琲の香りに噎せながら、見知らぬ異郷の人波を、海とも山とも知れぬ自らの行方を、不安と憧れに張り裂けそうな心抱えて凝視めていた。病気のとき、ねむるとき、そうして一人で泣いている時。そんな肩を大勢の手が揺すぶってくれ、稀にはつよく抱き締めてくれた。いまあるものもないものも、あのころあったものもなかったものも。あれが誰だったか、あの手の温もりのほかもう何一つ思い出せない。勿論「揺籃」には入口も出口もあったはずだが、唯一つ鮮やかに覚えているのは背戸のことだ。背戸から通じる長閑《のどか》な日盛りの小径《こみち》のことだ。舗装されてない石塊《いしころ》だらけの小径を犬も歩けば庭鳥も啼く。齢《よわい》五十路半ばにして未だ人並に苦労を嘗めたとはいえない私も漸く気付くのだ。あの「揺籃」もこの「ミッキー・ドナルド」も私の見る夢だったこと。そして唯一つの現《うつつ》といえば、誰も知らない、けれど誰もが知っているあの背戸を潜り、あの小径を辿って誰もが何処かへ、何時でも帰って行けたということだ。あれから三十年、私はいまも本屋で働き、昼の休みの束の間を、「ミッキー・ドナルド」

の窓辺の席で、煙草を吹かし好きでもない珈琲の香りに噎せながらぼんやり人波に眺め入る。見慣れ見飽きた都会の雑踏。私の肩を揺すぶってくれる、抱き締めてくれるもう誰もいない。「イラッシャイマセ、コンニチハ」、店の入口では何時もと変わらぬ絶叫が飛び交い、出口では何時もと変わらぬレジスターの音が喧《かまびす》しい。にこやかに絶叫しながら街は何時もと変わらぬ繁華を極め、けれど何処にもあの背戸が見当たらない。背戸からそろりとしのび出るあの小径も見当たらない。病気のとき、ねむるとき、そうして一人で泣いている時にも。

蟹

カニはおいしい
カニはおいしいことを
カニはしらない
カニはよこばしり
カニはみをひそめ
カニはあぶくをふいている
カニだって
いのちはおしい

だれだって
おいしいもんか

人のように

もうにどとあうことはない
ひとがあるいているまちを
こうしてぼくもあるいているが
きょうそらはうつくしくはれ
ふるさととおく
しごとはつらい
なんにもかわらないまちを
けれどあるいていようとおもう

もうにどとあうことはない
ひとのように

さくら

わたしはいつもめをとじています
こころのまぶたもとじていますが
こんなきもちのいいあさは
うすめひらいていたりもします
こころのまぶたをうすくひらけば
とえにはたえに
ほれぼれと
わたしにみとれるめがあって

はずかしいやらうれしいやら
いてもたってもいられないから
まぶたもこころもほのあかく
とえにはたえに
ほのあかくそめ
こんなきもちのいいあさは
むかしゆめみたことさえわすれ
さくらかなにか
ほころんでいて

毎朝

まいあさバスをまつあいだ
いろんなひととであいます
おたがいはなしたこともない
いろんなゆくえがあるのです
まいあさしらないひとたちと
こうしてバスをまっていますが
いつからかしらきがつけば
もうであえなくなったひと

あのひとたちはバスにのり
どこへはこばれたのかしら
なんだかなつかしそうなめで
ときどきぼくをそっとみた
あのおじいちゃん
あのおばあちゃん
まいあさバスをまつあいだ
まいあさしらないひとたちと
かたをならべて

金銀砂子

たなばたかざりがゆらいでいます
ぼくのはたらくほんやのどこか
ささのはさらさらかぜになり
いろんなかわいいねがいごと
はずかしそうにきらきらと
おりしもあめがふりだして
まちは灯泥《ひどろ》のにぎわしさ
よろこびやまたかなしみの

かさもひらいてゆくけれど
ぼくのはたらくほんやのどこか
たなばたかざりがゆらめいて
きんぎんすなごのそらのおく
みんなだまってみあげています
ぼくもだれかと
かたよせあって

密言

だれもいない……なつやすみ
まだあさにちかいおひるまえ
ミルクのような陽があたり
ぼくはこの世にひとりいた

ぼくはこの世にひとりいた……
けれどなんにもすることがなく
半ズボンのあし　すあしのままで

……………………飢え餓《かつ》えていた

ドラセナの樹がかぜにゆれ
よくみがかれた板の間は
密言《みつごと》めいたかげながし
かすかに樹脂《やに》のにおいがし

押入れのあかずのとびら
あかずのとびらのむこうには
ぼくのしらないおお祖母が
いきたえたままいきていて

だれもいない……なつやすみ
まだあさにちかいおひるまえ
万象《ものみな》はぼくをゆびさし

ささやきかける……なにごとか
くちぐちに……ささやきかわす
ミルクのような陽のなかで
ぼくはだれかの名を呼びかけて
…………その名をわすれた

雪風

ゆきかぜがみなとにきたひ
はんどんのどようのひるに
おおいそぎでうちへかえれば
おうどんのだしのにおい
あのひとのやさしいほほえみ

ゆきかぜがみなとにきたひ
おひるがすむとまたおおいそぎで

むねには海洋少年団員バッジ
まちのちっこうまでかけた
うみのくんまつばらくんと

ゆきかぜがみなとにきたひ
それからぼくらはどうなったのか
ゆきかぜとはなんだったのか
あのひとのやさしいほほえみ
あのひとはだれだったのか

ゆきかぜがみなとにきたひ
おうどんのだしのにおう
しずまりかえったろじをぬけ
かきがらがぎんがのように
うずたかくきらめくみちを

ぼくらはいまも
いきはずませて

古い町

ふるいまちでうまれ
ふるいまちでそだち
ふるいまちでちちと
くじらがみをみたよる
しめったさじきのにおい
ほこりのこもったにおい
おせんにキャラメル
あめふりフィルム

えいががはねて
大小の
さびたペダルこぎ
アーケードのやぶれたまちを
うちへかえるさ
とうちゃんズボン
まえがあいとる
おおまさき
おまえもあいとる
おおわらいした
ちちはしんだし
あのまちもとっくにたえて
こんなにとおいとかいでいつか
としをとり
けれどまだペダルをこいで

あそこへと
みんながぼくをまっている
ぼくのかえりをまちわびている
あのふるいまち
いまはないうち

亡

ないものはない　わかっていても
かえりたいまち　あいたいひとら
いまもこんなに　いきているから
かえれないまち　あえないぼくが
なにもしらずに　まっているから

矢

帰心矢のごとし
でも
かえるところのないぼくの矢は
どこへかえればよいのだろう
どこをさまよいつづけるのだろう
あめのよあけは
ねどこでひとり
あのまちのいろ

あのまちのおと
あのまちにふるあめのおと
めをつむり
尾羽うちからし

明鏡

左眉の毛一本、くろぐろながく伸びている。抜こうか抜くまいか、まだ迷っている。色気づきかけた高校生の頃、親譲りの薄い眉を恨み日毎夜毎鏡を睨んだ。世の不幸を一身に背負った悲劇の主人公の顔つきで。小さな鏡の中、そのニキビづらのうしろにはけれど顔の知らない終日が遠くまで晴れ渡っていた。父も母も若く祖父母も達者で、姉とはケンカばかりしていた。磨き抜かれた廊下や柱、良く陽を吸った蒲団の匂い、畳の匂い。鏡のうしろには更に巨きく明るく澄んだもう一枚の鏡があって、小さな鏡を覗き込む小さな悲劇の主人公をいつも静かに映していた。知らないところで見守っていた。あの頃悩んだ末にこっそり塗りたくった育毛剤の効果があれから四十年経た今頃になってあらわれたのかしらん。左眉の毛一本、遠いだれかの眼配せのよう。抜こうか抜くまいか、まだ迷っている私の傍で、色気盛りの息子どもが今朝も鏡と睨めっこする。世の不幸を一身に背負った悲劇の主人公の顔つきで。

おかわり

いまわのとこの
まくらべで
ちちがいった
あやまれよ
むすこはこたえた
ゴメンナサイ
ちちはゆっくりうなずいて
みまかろうとした

そのときだった
あやまれよ
むすこがいった
カンベンナ
ちちはこたえた
むすこはかるくうなずいて
かおをあらって
おかわりをして
けさもバイトにでかけていった

約束

おふろはいってごはんをたべて
よみせにいってかえってきて
それからゆっくりねむりたい
ひとばんぐっすりねむれたら
ほかにはなんにもいりません
やくそくします
あしたから
もっといいこになりますから

もっとしごとにはげみますから
父にも夫《つま》にももどりますから
おねがいします
もういちどだけ
わたしをかえらせてください
ぐっすりねむらせてください
だれかわたしをよんでいる
わたしをよんでいるこえが
あのあさのよう
ゆめからさめて

豚児

ひとのかわきたひとでなし
でも
ひとりなきたいよるがある
おろかなちちでありました
（こらよ）
おろかなおとこでありました
（つまよ）
おろかなむすこでありました

（ちちよ）
おろかなつみを
ゆるしたまいし
（ちちははよ）
ひとのかわきたひとでなし
でも
ひとりなきたくなるよるは
ばけのかわぬぎふとんをかむり
ひとこえぶうと
きえいりそうに

虫飼の子

ちちは虫飼らしいのだけれど
虫飼うところをみたことがない
まいあさおんなじじかんにおきて
いつものようにおかわりをして
いってきますとうちをでて
それからなにをしているんだろう
どこでどうしているんだろう
まいばんおんなじじかんにもどり

いつものようにさけをのみ
いつものようによいつぶれ
いきててなにがたのしいんだろう
あんなやつ
ちちなんかじゃない
いつものようにムカツキながら
ねむりにつくと
虫籠に
ほのぼのとあかりがさして
だれなんだろう
ききほれている
いっしんにききほれている
あのねいろ
あのひとと
いつかどこかででであったような

めざめれば
ちちはいなくて

落日

いい人生だ
魚鳥や獣《けもの》
いたいけな
いくたのいのち
すききらいなく喰ってきた
ここだけのはなし
ちちとははまで喰ってきた
あますところなく喰ってきた

おもいのこしたなにもない
けれどもときにおもうのだ
にこにこわらってくれたもの
わらってゆるしてくれたもの
ぼくによくにたものたちの
あのやさしさとほほえみを
たべられるものたべるもの
魚鳥や獣
いたいけな
いくたのいのち
ちちとはは
ちまみれな地球《ゆうひ》がひとつ
いましずむ
いい人生だ

あそこ

しごとをおえて
でんしゃをおりて
えきをでて
くれてゆく
そらをみていた
くれてゆくそらのおくには
あのひのかおをしたくもが
だまってわたしをみかえしていた

わたしもだまってみかえしていた
ものといたげに
いつまでも
そうしてわたしはバスにのり
そうしてわたしはバスをおり
つまだけがまつわがやへと
ひとりかえってゆくのだけれど
まつもののないあそこへと
やがてかえってゆくのだけれど
くれてゆく
そらはくれきり
あのひのくもも
いまきたみちも
わたしさえもうどこにもいない
なにもみえないやみのおくから

ものといたげに
またたくものが

間

このよのものともおもわれぬ
つきがでている
かぜもある
ものみなははやちりいそぎ
まだこぬバスをまっている
このよの
いつもの
あさなのに

このよのものともおもわれぬ
つきをみあげる
このわたし
なかばはそらにとけかかり
とけのこり
このよの
あわいに

月夜の晩に　後記にかえて

日常的平穏を飽くこともなく支え続ける日々に、なにひとつ変化はなかった。なんにも、なかった。四十四歳の年の詩集『晴夜』の後記にそう書いたが、あれから十年、私たち家族の日常は様々に巨きく変化し、なんにも、なかった、どころではなくなった。それらひとつひとつを取り上げて言うつもりはないし、それらひとつひとつが私になにかを齎らした訳でもない。ただ、拠って立つ人と場処とを根こそぎ奪い去る津波のような変化の最中《さなか》、私の中の眠れる旅人は幾夜かを眠れぬ旅人であったことのみ記して置きたい。此処に収めた四十二篇は、その幾夜かに旅人の吐かされた四十二塊の泥であることも。

いかにも怪体《けったい》な旅の途上、眠れる旅人はいま終の宿を夢見ているようだが、本書をそれとするか否かは旅人の知るところではあるまい。月夜の晩にあらわれる、獅子のみぞ知る。

池井昌樹

池井昌樹

一九五三年香川県生れ。

詩集

『理科系の路地まで』　一九七七
『鮫肌鐵道』　一九七八
『これは、きたない』　一九七九
『旧約』　一九八一
『沢海』　一九八三
『ぼたいのいる家』　一九八六
『この生は、気味わるいなあ』　一九九〇
『水源行』　一九九三
『黒いサンタクロース』　一九九五
『晴夜』　一九九七
『月下の一群』　一九九九
『現代詩文庫164　池井昌樹詩集』　二〇〇一
『一輪』　二〇〇三
『童子』　二〇〇六

眠《ねむ》れる旅人《たびびと》

著者
池井昌樹《いけいまさき》
発行者
小田久郎
発行所
株式会社思潮社
〒一六二—〇八四二　東京都新宿区市谷砂土原町三—十五
電話＝〇三—三二六七—八一四一（編集）・八一五三（営業）
ＦＡＸ＝〇三—三二六七—八一四二
印刷
三報社印刷株式会社
製本
誠製本株式会社
発行日
二〇〇八年九月一日第一刷　二〇〇九年九月一日第三刷